あいさつから実用的な表現まで

ガンバレ！にほんご

加油！日本語

2

大新書局　印行

　「加油！日本語」は台湾の中等教育機関で日本語を学ぶ学習者を対象に編集された教科書で、その内容は民國 95 年度に公布された「高級中学校選修科目第二外国語課程綱要」に準拠しています。全４０課の構成は次のように４部に分かれています。

　「加油！日本語①」 1 ～ 10 課

　「加油！日本語②」 11 ～ 20 課

　「加油！日本語③」 21 ～ 30 課

　「加油！日本語④」 31 ～ 40 課

　各課は「会話」「文型」「例文」「新出単語」「練習」という構成になっています。

◎「会話」では挨拶から始まり生活に即した実用的な表現が学習できるように編集されています。四分冊の前半部分では敬体文を用いていますが、後半部分では性別・年齢・社会的地位・親疎などを考慮し常体文も提示してあります。

◎「例文」はその課で学ぶ文法事項を文の形で提示したものです。「例文」は「練習」、「会話」への繋がりの中で元となるところですので、生徒の理解が望まれます。

◎「新出単語」には各課 20 語以内で、四冊合わせて 400 語以内が提示されています。また、巻末には全単語の標準アクセント付索引が付いています。

◎「練習」は例文を発話と関連づけるためのもので、問答形式や入れ替えなどの練習が設定されています。ここでは生徒が提出された語彙・文型を理解し、それを充分に活用できるようになるまで練習する必要があります。

◎その他、5 課毎に復習を設け、それまで学習した重要学習事項が再度提出されています。ここでは学習事項の再定着を目指します。

◎関連教材としては、教科書用 CD、練習帳、教師用指導書などが準備されています。

2007 年

著者一同

「加油！日本語」是以在台灣中等教育機構學習日語的學習者為對象，編寫而成的教科書。書中內容比照民國 95 年所公佈的「高級中學選修課目第二外國語課程綱要」編排，全書由 40 課所構成，分成以下四個部分。

　　「加油！日本語①」1~10 課
　　「加油！日本語②」11~20 課
　　「加油！日本語③」21~30 課
　　「加油！日本語④」31~40 課

　　各課由「會話」「文型」「例句」「新增詞彙」「練習」諸單元構成。

◎「會話」的部分編入了能使學習者學會從寒喧到生活中派上用場的實用會話表現。四冊分冊中的前半部分皆使用敬體日語，而後半部分根據性別、年齡、社會地位、親疏關係等考量，亦使用常體日語的形式表現。

◎「例句」將該課所學習的文法，以例文的形式表現。由於「例句」是邁向「練習」與「會話」過程中基礎之一環，因此期望學生能詳加理解。

◎「新增詞彙」中，各課收錄了 20 個左右的單字，四冊共計收錄了 400 個左右的單字。此外，書末附有標示全部單字重音的單字索引。

◎「練習」乃將例句結合至對話的活用練習，其中安排了問答形式及代換等練習問題。學生可以在此理解之前學過的語彙及句型，並有必要將所學練習至能充分靈活運用的程度。

◎此外，每五課編有一次複習，再次將之前的學習重點加以提示。此處的目標是讓學生能夠牢記學習重點。

◎本書另備有教科書 CD、練習問題集、教師手冊等相關教材。

2007 年
著者全體

教科書の構成と使い方

● 教科書の構成

　本書は、会話、単語、文型、例文、練習で構成されています（CD付き、ペン対応）。巻頭に平仮名、片仮名の表がありますので、ご活用ください。

● 教科書の使い方

会話：台湾の高校生陳さんを主人公に、日本で生活する際、いろいろな場面で必要となる基本的会話文で構成しました。先生やCDの発音をよく聞いて、真似をしながら、何度も声に出して読んでみましょう。丸暗記するのもとてもよい勉強法です。

単語：各課20前後の基本単語を取り上げました。アクセント記号及び中国語訳付きです。また、普段漢字で書く単語のみ、漢字表記を付けてあります。基本的な単語ばかりですから、完全に覚えてしまいましょう。

文型：どれも日本語の基礎となる大切な文型です。Pointをよく見て、日本語のルールを覚えてください。

例文：基本文型を簡単な対話形式で表しました。実際に会話しているつもりになって、先生や友達と練習しましょう。

練習：変換練習、代入練習、聴解練習等を用意しました。基本文法の定着、会話や聴力の訓練に役立ててください。
また、5課毎に復習テストがあります。できないところがあったら、もう一度、その課に戻って見直しましょう。

別冊練習帳：授業時間内での練習や宿題にお使いください。

●本教材的構成

　　本書由會話、單字、句型、例句、練習所構成（附 CD、對應智慧筆）。
在本書首頁處附有平假名、片假名的五十音拼音表，請善加運用。

●本教材的使用方法

會話：主角為台灣的陳姓高中生，內容為其在日本生活之際，面臨各種場
　　　　面時所必需的基本對話。請認真聆聽老師或 CD 的發音，一面模仿
　　　　發音，一面試著反覆唸看看。另外，將整句話背起來也是一種很好
　　　　的學習方式。

單字：各課列舉 20 個左右的基本單字，並標上重音與中文翻譯，而且，
　　　　將平常會以漢字書寫的單字，附上漢字的寫法。因為是基本詞彙，
　　　　所以請全部記起來。

句型：每個都是基礎日語的重要句型，請仔細閱讀要點 (Point)，牢記日語
　　　　規則。

例句：以簡單的對話形式表現基本句型的用法。請比照實際會話情況，和
　　　　老師或朋友練習看看。

練習：本書提供了替換練習、套用練習、聽力練習等，請善加運用以奠定
　　　　基礎文法、會話與聽力。

　　　　此外，每五課就附有複習測驗，若有不會的地方，請再次返回該課
　　　　重新學習。

練習問題集：請於課堂上當做練習或作業使用。

ページ上でのペン機能

▶ りんごを　ください。

点選 会話 整篇會
話全部朗讀。

会 話　💿 T01

店の人 いらっしゃいませ。

陳　りんごを　ください。

点選人名，會唸出此
人所講的整段會話。

店の人 この　りんごは　おいしいですよ。

陳 1個　いくらですか。

点選會話中的日文句
子，會唸出該句子。

店の人 1個　150円です。

陳 じゃ、バナナは。

店の人 バナナは　5本で　200円です。

陳 じゃ、リンゴ　ひとつと　バナナを　5本
　　ください。

店の人 ありがとう　ございます。

16

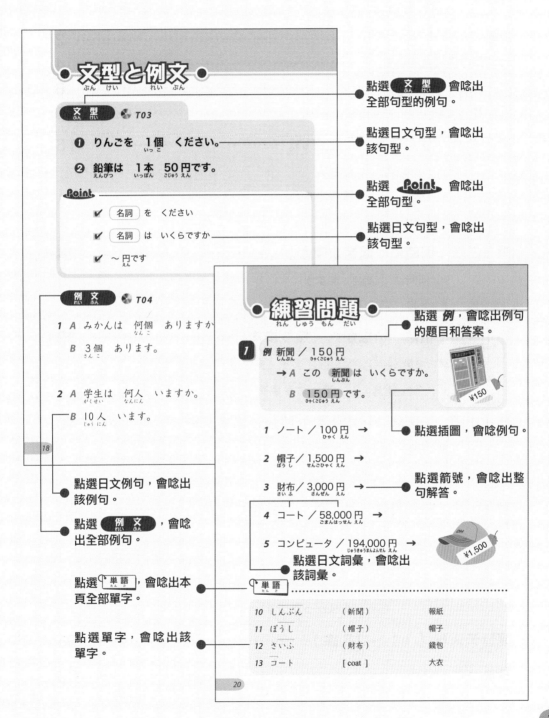

文型と例文
ぶん けい れい ぶん

點選 **文型** 會唸出全部句型的例句。

文型 ⊙ T03
ぶんけい

❶ りんごを 1個 ください。
いっこ

❷ 鉛筆は 1本 50円です。
えんぴつ いっぽん ごじゅう えん

點選日文句型，會唸出該句型。

Point

☑ 名詞 を ください

☑ 名詞 は いくらですか

☑ ～円です
えん

點選 **Point** 會唸出全部句型。

點選日文句型，會唸出該句型。

例文 ⊙ T04
れい ぶん

1 A みかんは 何個 ありますか
なん こ

B 3個 あります。
さん こ

2 A 学生は 何人 いますか。
がくせい なんにん

B 10人 います。
じゅう にん

18

練習問題
れん しゅう もん だい

點選 **例**，會唸出例句的題目和答案。

1 例 新聞 ／ 150円
しんぶん ひゃくごじゅう えん

→ A この 新聞 は いくらですか。
しんぶん

B 150円 です。
ひゃくごじゅう えん

¥150

1 ノート ／ 100円 →
ひゃく えん

2 帽子 ／ 1,500円 →
ぼうし せんごひゃく えん

3 財布 ／ 3,000円 →
さいふ さんぜん えん

4 コート ／ 58,000円 →
ごまんはっせん えん

5 コンピュータ ／ 194,000円 →
じゅうきゅうまんよんせん えん

點選插圖，會唸例句。

點選箭號，會唸出整句解答。

¥1,500

點選日文詞彙，會唸出該詞彙。

単語
たん ご

10	しんぶん	（新聞）	報紙
11	ぼうし	（帽子）	帽子
12	さいふ	（財布）	錢包
13	コート	[coat]	大衣

20

點選日文例句，會唸出該例句。

點選 **例文**，會唸出全部例句。

點選 **単語**，會唸出本頁全部單字。

點選單字，會唸出該單字。

前書　……………………………………………………… 2
まえがき

教科書の構成と使い方　…………………………… 4
きょうかしょ　こうせい　つか　かた

ページ上でのペン機能　…………………………… 6
じょう　きのう

五十音　……………………………………………… 10
ごじゅうおん

第11課　りんごを　ください。……………… 16
だい　じゅういっ　か
　✔　名詞　を　ください
　✔　名詞　は　いくらですか
　✔　～円です

第12課　何時に　起きますか。………………… 24
だい　じゅうに　か　なんじ　お
　✔　何時に　動詞　ますか
　✔　～は　いつですか

第13課　私は　いなかへ　帰ります。……… 32
だい　じゅうさん　か　わたし　かえ
　✔　名詞（場所）へ　行きます・来ます・帰ります
　✔　名詞（交通工具）で　行きます・来ます・帰ります

第14課　午後は　日本語を　勉強します。………… 40
だい　じゅうよん　か　ごご　にほんご　べんきょう
　✔　何を　動詞　ますか
　✔　どこで　動詞　ますか

第15課　お正月は　どこへ　行きましたか。……… 48
だい　じゅうご　か　しょうがつ　い
　✔　動詞 ｛ ました
　　　　　　ませんでした
　✔　い形容詞 ｛ いかったです
　　　　　　　　 くなかったです

復習テスト（11～15課）………………………… 56
ふくしゅう　じゅういち　じゅうご　か

ちょっと一休み……………………………………… 60
ひとやす

第16課　紅葉が　きれいでした。 ……………………… 62
だい じゅうろっ か　こうよう

✔ な形容詞 ┃ なでした
          ┃ なじゃ　ありませんでした

✔ 名詞 ┃ でした
       ┃ じゃ　ありませんでした

✔ 〜　でしょう

第17課　大きくて、きれいな　デパートです。 ………… 70
だい じゅうなな か　おお

✔ い形容詞 いくて、〜です

✔ な形容詞 なで〜です

第18課　家族に　電話を　かけました。 ……………… 78
だい じゅうはっ か　か ぞく　でん わ

✔ どのぐらい〜か

✔ 名詞（手段・方法）で 動詞 ます

✔ 名詞（對象）に 動詞 ます

第19課　冷たい　飲み物が　ほしいです。 …………… 86
だい じゅうきゅう か　つめ　の　もの

✔ 名詞 が　ほしいです

✔ 動詞 たいです

✔ 〜 動詞 ませんか

第20課　春休みに　旅行に　行きます。 ……………… 94
だい にじゅっ か　はるやす　りょこう　い

✔ 動詞・名詞（目的）に ┃ 行きます
                       ┃ 来ます
                       ┃ 帰ります

復習テスト（16〜20課） ………………………………… 102
ふくしゅう　　　　　じゅうろく　にじゅっ か

ちょっと一休み ………………………………………… 106
ひとやす

付録 ……………………………………………………… 108
ふ ろく

索引 ……………………………………………………… 128
さくいん

ひらがな筆順
ひつじゅん

1. 清音筆順
せいおんひつじゅん

あ行 ぎょう	あ a	い i	う u	え e	お o
か行 ぎょう	か ka	き ki	く ku	け ke	こ ko
さ行 ぎょう	さ sa	し shi	す su	せ se	そ so
た行 ぎょう	た ta	ち chi	つ tsu	て te	と to
な行 ぎょう	な na	に ni	ぬ nu	ね ne	の no

は行（ぎょう）　は ha　ひ hi　ふ fu　へ he　ほ ho

ま行（ぎょう）　ま ma　み mi　む mu　め me　も mo

や行（ぎょう）　や ya　ゆ yu　よ yo

ら行（ぎょう）　ら ra　り ri　る ru　れ re　ろ ro

わ行（ぎょう）　わ wa　を o

2. 鼻音筆順
びおんひつじゅん

ん n

カタカナ筆順
ひつじゅん

1. 清音筆順
せいおんひつじゅん

は行 ぎょう	ハ ha	ヒ hi	フ fu	ヘ he	ホ ho
ま行 ぎょう	マ ma	ミ mi	ム mu	メ me	モ mo
や行 ぎょう	ヤ ya		ユ yu		ヨ yo
ら行 ぎょう	ラ ra	リ ri	ル ru	レ re	ロ ro
わ行 ぎょう	ワ wa				ヲ o

2. 鼻音筆順
びおんひつじゅん

ン
n

五十音

濁音・半濁音・拗音 T02
だくおん　はんだくおん　ようおん

1. 濁音
だくおん

ひらがな濁音				
が	ぎ	ぐ	げ	ご
ga	gi	gu	ge	go
ざ	じ	ず	ぜ	ぞ
za	ji	zu	ze	zo
だ	ぢ	づ	で	ど
da	ji	zu	de	do
ば	び	ぶ	べ	ぼ
ba	bi	bu	be	bo

カタカナ濁音				
ガ	ギ	グ	ゲ	ゴ
ga	gi	gu	ge	go
ザ	ジ	ズ	ゼ	ゾ
za	ji	zu	ze	zo
ダ	ヂ	ヅ	デ	ド
da	ji	zu	de	do
バ	ビ	ブ	ベ	ボ
ba	bi	bu	be	bo

2. 半濁音
はんだくおん

ひらがな半濁音				
ぱ	ぴ	ぷ	ぺ	ぽ
pa	pi	pu	pe	po

カタカナ半濁音				
パ	ピ	プ	ペ	ポ
pa	pi	pu	pe	po

3. 拗音
ようおん

ひらがな拗音 ようおん						カタカナ拗音 ようおん					
きゃ	kya	きゅ	kyu	きょ	kyo	キャ	kya	キュ	kyu	キョ	kyo
しゃ	sha	しゅ	shu	しょ	sho	シャ	sha	シュ	shu	ショ	sho
ちゃ	cha	ちゅ	chu	ちょ	cho	チャ	cha	チュ	chu	チョ	cho
にゃ	nya	にゅ	nyu	にょ	nyo	ニャ	nya	ニュ	nyu	ニョ	nyo
ひゃ	hya	ひゅ	hyu	ひょ	hyo	ヒャ	hya	ヒュ	hyu	ヒョ	hyo
みゃ	mya	みゅ	myu	みょ	myo	ミャ	mya	ミュ	myu	ミョ	myo
りゃ	rya	りゅ	ryu	りょ	ryo	リャ	rya	リュ	ryu	リョ	ryo
ぎゃ	gya	ぎゅ	gyu	ぎょ	gyo	ギャ	gya	ギュ	gyu	ギョ	gyo
じゃ	ja	じゅ	ju	じょ	jo	ジャ	ja	ジュ	ju	ジョ	jo
びゃ	bya	びゅ	byu	びょ	byo	ビャ	bya	ビュ	byu	ビョ	byo
ぴゃ	pya	ぴゅ	pyu	ぴょ	pyo	ピャ	pya	ピュ	pyu	ピョ	pyo

15

りんごを　ください。

 **T03**

店の人（みせ ひと）　いらっしゃいませ。

陳（ちん）　りんごを　ください。

店の人（みせ ひと）　この　りんごは　おいしいですよ。

陳（ちん）　１個（いっこ）　いくらですか。

店の人（みせ ひと）　１個（いっこ）　１５０円です（ひゃくごじゅう えん）。

陳（ちん）　じゃ、バナナは。

店の人（みせ ひと）　バナナは　５本で（ごほん）　200円です（にひゃく えん）。

陳（ちん）　じゃ、リンゴ　ひとつと　バナナを　５本（ごほん）

　　　ください。

店の人（みせ ひと）　ありがとう　ございます。

16

 単語
（たんご）

🔵 **T04** ••

1	ください		請給我〜
2	いらっしゃいませ		歡迎光臨
3	…こ	（…個）	…個
4	いくら		多少錢
5	えん	（円）	日圓
6	…ほん／ぼん／ぽん	（…本）	…支／瓶／根／條
7	ひとつ	（一つ）	一個

文型と例文
ぶん けい れい ぶん

文型
ぶん けい
🔘 T05

❶ りんごを　1個　ください。
　　　　　　いっ こ

❷ 鉛筆は　1本　50円です。
　えんぴつ　　いっぽん　ごじゅう えん

Point

☑ 名詞 を　ください

☑ 名詞 は　いくらですか

☑ ～円です
　　 えん

例文
れい ぶん
🔘 T06

1 A みかんは　何個　ありますか。
　　　　　　　なん こ

B 3個　あります。
　　 さん こ

2 A 学生は　何人　いますか。
　　　　がくせい　なんにん

B 10人　います。
　　 じゅう にん

3 A ノートは　１冊　100円です。
<small>いっさつ　ひゃく えん</small>

　B じゃ、3冊　ください。
<small>さんさつ</small>

4 A バナナは　いくらですか。

　B 10本で　300円です。
<small>じゅっ ぽん　さんびゃく えん</small>

単 語
<small>たん ご</small>

8　…にん　　　　　　（…人）　　　　…個人

9　…さつ　　　　　　（…冊）　　　　…本

練習問題
れん しゅう もん だい

1

例 新聞／150円
  しんぶん ひゃくごじゅう えん

  → **A** この 新聞 は いくらですか。
           しんぶん

  B 150円 です。
      ひゃくごじゅう えん

¥150

1 ノート／100円 →
          ひゃく えん

2 帽子／1,500円 →
   ぼうし せんごひゃく えん

3 財布／3,000円 →
   さいふ さんぜん えん

4 コート／58,000円 →
          ごまんはっせん えん

5 コンピュータ／194,000円 →
              じゅうきゅうまんよんせん えん

DH

¥1,500

📑 **単 語**
    たん ご ....

10	しんぶん	（新聞）	報紙
11	ぼうし	（帽子）	帽子
12	さいふ	（財布）	錢包
13	コート	[coat]	大衣

2 例 これ／1個 50円
いっこ ごじゅう えん

→ これは 1個 50円です。
いっこ ごじゅう えん

1 この パン／ひとつ 120円 →
ひゃくにじゅう えん

2 日本語の 雑誌／1冊 600円 →
にほんご ざっし いっさつ ろっぴゃく えん

3 その 傘／1本 1,000円 →
かさ いっぽん せん えん

4 靴下／1足 900円 →
くつした いっそく きゅうひゃく えん

単語
たんご ....

14	パン	[pão（葡）]	麺包
15	くつした	（靴下）	襪子
16	…そく	（…足）	…雙

練習問題
（れん　しゅう　もん　だい）

3　**例** ケーキ／1
　　　　　（いち）

→ すみません。ケーキを

ひとつ　ください。

1 ノート／3 →
　　　　　（さん）

2 100円の　切手／2 →
　（ひゃく えん）（きって）（に）

3 鉛筆／5 →
　（えんぴつ）（ご）

4 やきそば／4 →
　　　　　　（よん）

単語
（たん　ご）　・・

17 きって	（切手）	郵票
18 …まい	（…枚）	…張／件／片
19 やきそば	（焼きそば）	炒麵

4 CDを聞いて答えましょう。 T07

例 鉛筆は 1本 50円です。 （ ○ ）

1 みかんは 1個 あります。 （ ）

2 バナナは 5本で 200円です。 （ ）

3 学生は 2人 います。 （ ）

4 パンは ひとつ 30円です。 （ ）

memo

▶ 何時に　起きますか。
なん じ　　　お

会話
かい わ　　🔘 T08

陳　明日は　日曜日ですね。
ちん　あした　　にちよう び

田中　そうですね。
た なか

陳　休みの　日は　何時に　起きますか。
ちん　やす　　ひ　　なんじ　　お

田中　10時ごろ　起きます。
た なか　じゅう じ　　　　お

陳　私は　6時に　起きます。
ちん　わたし　ろく じ　　　お

田中　朝　6時ですか。早いですね。
た なか　あさ　ろく じ　　　　はや

単語
たん ご　　🔘 T09 ••••••••••••••••••••••••••••••••••••••

1　おきます	（起きます）	起床
2　あした	（明日）	明天
3　～ようび	（～曜日）	星期～
4　やすみ	（休み）	休息、放假

5	ひ	（日）	日
6	～ごろ		～左右〔用於時間〕
7	あさ	（朝）	早上
8	はやい	（早い）	早

文型と例文

 **文型** ぶん けい 💿 *T10*

① 明日は　日曜日です。
　　あした　　にちよう び

② 私は　6時に　起きます。
　　わたし　ろく じ　　お

Point

☑ 何時に　　動詞　ますか
　なん じ

☑ ～は　いつですか

 **例文** れい ぶん 💿 *T11*

1 A 今日は　何曜日ですか。
　　　きょう　　なんよう び

　B 金曜日です。
　　　きんよう び

2 A 毎朝　何時に　起きますか。
　　　まいあさ　なん じ　　お

　B 7時に　起きます。
　　　しち じ　　お

3 A 田中さんも　10時に　寝ますか。
<small>たなか　　　　　じゅう じ　　　ね</small>

B いいえ、10時に　寝ません。
<small>　　　　じゅう じ　　ね</small>

　1時ごろ　寝ます。
<small>いち じ　　　ね</small>

4 A 誕生日は　いつですか。
<small>たんじょう び</small>

B 7月20日です。
<small>しちがつ　はつか</small>

単語
<small>たん ご</small>

9　まいあさ	（毎朝）	每天早上
10　ねます	（寝ます）	睡覺
11　たんじょうび	（誕生日）	生日
12　いつ		什麼時候

練習問題
れん しゅう もん だい

1

例 夏休みは いつから ですか。
なつやす

[星期四]

→ 木曜日からです。
もくよう び

7月
20
星期四

1 星期日 →

2 星期六 →

3 星期一 →

4 星期五 →

単 語
たん ご ・・

13 なつやすみ 　　（夏休み）　　　　暑假

2 例 毎朝　６時に　起きますか。　［６時／８時］
まいあさ　ろくじ　　お　　　　　ろくじ　　はちじ

　　→ はい、６時に　起きます。
　　　　　　ろくじ　　お

　　→ いいえ、６時に　起きません。
　　　　　　　　ろくじ　　お

　　　　８時に　起きます。
　　　　はちじ　　お

1 毎晩　１１時に　寝ますか。　［１１時／１時］　→
まいばん　じゅういち　じ　ね　　　じゅういち　じ　　いちじ

2 明日も　１時に　寝ますか。　［１時］　→
あした　　いちじ　　　ね　　　　いちじ

3 休みの日は　７時に　起きますか。　［７時／１０時］　→
やす　　ひ　　しちじ　　お　　　　　しちじ　　じゅう　じ

4 月曜日は　７時に　起きますか。　［７時］　→
げつようび　　しちじ　　お　　　　　しちじ

┌─ **単語**
│ たん ご

14 まいばん　　　　　（毎晩）　　　　毎天晚上

練習問題
<ruby>練<rt>れん</rt>習<rt>しゅう</rt>問<rt>もん</rt>題<rt>だい</rt></ruby>

3

例 誕生日 ／ 8月1日
<ruby>誕生日<rt>たんじょうび</rt></ruby> <ruby>8月1日<rt>はちがつついたち</rt></ruby>

→ **A** 誕生日は　いつですか。
<ruby>誕生日<rt>たんじょうび</rt></ruby>

B 8月1日です。
<ruby>8月1日<rt>はちがつついたち</rt></ruby>

8月
1日

Happy Birthday
2008.8.1

1 試験 ／ 金曜日 →
<ruby>試験<rt>しけん</rt></ruby> <ruby>金曜日<rt>きんようび</rt></ruby>

2 パーティー ／ 明日 →
<ruby>明日<rt>あした</rt></ruby>

3 国慶節 ／ 10月10日 →
<ruby>国慶節<rt>こっけいせつ</rt></ruby> <ruby>10月<rt>じゅうがつ</rt></ruby> <ruby>10日<rt>とおか</rt></ruby>

4 卒業式 ／ 6月15日 →
<ruby>卒業式<rt>そつぎょうしき</rt></ruby> <ruby>6月<rt>ろくがつ</rt></ruby> <ruby>15日<rt>じゅうごにち</rt></ruby>

単語
<ruby>単<rt>たん</rt>語<rt>ご</rt></ruby>

15	しけん	（試験）	考試
16	パーティー	[party]	派對
17	こっけいせつ	（国慶節）	國慶日
18	そつぎょうしき	（卒業式）	畢業典禮

4 CD を聞いて答えましょう。　💿 **T12**
　　き　　　こた

例 今日は　金曜日です。　　　　　　　　（　×　）
　　きょう　きんよう び

1 明日は　日曜日です。　　　　　　　　（　　）
　　あした　にちよう び

2 私は　毎日　6時に　起きます。　　　　（　　）
　　わたし　まいにち　ろく じ　お

3 陳さんの　誕生日は　7月20日です。（　　）
　　ちん　　　たんじょう び　しちがつ　はつか

4 田中さんは　1時ごろ　寝ます。　　　　（　　）
　　た なか　　　いち じ　　ね

---

memo

第 13 課
だい じゅうさん か

▶ # 私は　いなかへ　帰ります。
わたし 　　　　　　　　　かえ

会 話
かい わ

🔘 *T13*

田中　陳さん、冬休みに　台湾へ　帰りますか。
たなか　ちん　　ふゆやす　　たいわん　かえ

陳　　いいえ、帰りません。　田中さんは　どこへ
ちん　　　　　かえ　　　　　たなか

　　　行きますか。
　　　い

田中　僕は　いなかへ　帰ります。
たなか　ぼく　　　　　かえ

陳　　いなかは　どちらですか。
ちん

田中　福岡です。
たなか　ふくおか

陳　　飛行機で　帰りますか。
ちん　ひこうき　　かえ

田中　いいえ　新幹線です。
たなか　　　　しんかんせん

単語 🔵 T14 ••••••••••••••••••••••••••••••••••••

1	いなか	（田舎）	故郷／郷下
2	かえります	（帰ります）	去回
3	ふゆやすみ	（冬休み）	寒假
4	いきます	（行きます）	去
5	ふくおか	（福岡）	福岡
6	ひこうき	（飛行機）	飛機

文型と例文
ぶん けい れい ぶん

❶ 私は 福岡へ 帰ります。
わたし ふくおか かえ

❷ 私は 飛行機で 行きます。
わたし ひこうき い

Point

☑ 名詞（場所） へ 行きます・来ます・帰ります

☑ 名詞（交通工具） で 行きます・来ます・帰ります

例文 れい ぶん 🔘 T16

1 A 冬休みに どこへ 行きますか。
ふゆやす い

B 東京へ 行きます。
とうきょう い

2 A 何で 台北へ 来ますか。
なに タイペイ き

B 電車で 来ます。
でんしゃ き

3 A うちまで 何で 帰りますか。
　　　　　　なに　　　かえ

　　B 歩いて 帰ります。
　　　　ある　　　かえ

4 A いつ 東京へ 行きますか。
　　　　　　とうきょう　　い

　　B 来月 行きます。
　　　　らいげつ　い

5 A いなかは どちらですか。

　　B 高雄です。
　　　　たかお

7	きます	（来ます）	來
8	とうきょう	（東京）	東京
10	でんしゃ	（電車）	電車
11	あるいて	（歩いて）	走、歩行

練習問題
れん　しゅう　もん　だい

1

例　どこへ　行きますか。　[大阪]
　　　　　い　　　　　　　　　　おおさか

　　　→ 大阪へ　行きます。
　　　　　おおさか　　　い

1　本屋　→
　　ほん　や

2　会社　→
　　かいしゃ

3　駅　→
　　えき

4　図書館　→
　　と　しょかん

単語
たん　ご

12	おおさか	（大阪）	大阪
13	ほんや	（本屋）	書店
14	えき	（駅）	車站

2 例 バス ／ 会社 ／ 行きます
かいしゃ い

→ バスで　会社へ　行きます。
かいしゃ い

1 電車 ／ いなか ／ 帰ります　→
でんしゃ かえ

2 MRT ／ 学校 ／ 来ます　→
がっこう き

3 歩いて ／ うち ／ 帰ります　→
ある かえ

4 バス ／ デパート ／ 行きます　→
い

┌ **単 語**
└ たん ご ・・・

15	バス	[bus]	公車
16	MRT	[Mass Rapid Transit]	捷運

練習問題
れん しゅう もん だい

3 例 日本へ　行きます。　[いつ ／ 来月]
にほん　　い　　　　　　　　　　らいげつ

　　→ **A** いつ　日本へ　行きますか。
　　　　　　　にほん　　　い

　　　B 来月　行きます。
　　　　　らいげつ　い

1 学校へ　来ます。　[何時 ／ 8時]　→
　　がっこう　　き　　　　　なんじ　　はちじ

2 いなかへ　帰ります。　[何曜日 ／ 土曜日]　→
　　　　　　　かえ　　　　なんようび　　どようび

3 日本へ　行きます。　[いつ ／ 1月10日]　→
　　にほん　　い　　　　　　　　いちがつ　とおか

 単 語
たん ご　…………………………………………………………………………………

17　らいげつ　　　　　（来月）　　　　　　下個月

4 CD を聞いて答えましょう。 　💿 **T17**
き　こた

例	陳さんは　冬休みに　台湾へ　帰ります。	（ ✕ ）

ちん　ふゆやす　たいわん　かえ

1 陳さんは　冬休みに　東京へ　行きます。　　　（　　）
ちん　　ふゆやす　　とうきょう　い

2 田中さんは　電車で　福岡へ　帰ります。　　　（　　）
たなか　　でんしゃ　ふくおか　かえ

3 明日　東京へ　行きます。　　　　　　　　　　（　　）
あした　とうきょう　い

4 いなかは　高雄です。　　　　　　　　　　　　（　　）
たかお

---

memo

第 14 課
だい じゅうよん か

▶ 午後は　日本語を　勉強します。
　　ご ご　　　　に ほん ご　　　　べん きょう

会話　🔘 T18
かい　わ

陳　　明日は　日曜日ですね。
ちん　あした　　にちよう び

里奈　そうですね。陳さんは　何を　しますか。
り な　　　　　　　　ちん　　　　なに

陳　　午前中は　洗たくを　します。午後は　　日本語を
ちん　ご ぜんちゅう　せん　　　　　　　　　ご ご　　　に ほん ご

　　　勉強します。
　　　べんきょう

里奈　私は　一日中　　うちで　テレビを　　見ます。
り な　わたし　いちにちじゅう　　　　　　　　　み

単語　🔘 T19 •••••••••••••••••••••••••••••••••
たん ご

1	べんきょうします	（勉強します）	學習、唸書
2	ごぜんちゅう	（午前中）	上午的時候
3	せんたく	（洗たく）	洗衣服

単語
たんご

4	します		做
5	いちにちじゅう	（一日中）	一整天
6	テレビ	[television]	電視

文型と例文
ぶん けい れい ぶん

① 私は　日本語を　勉強します。
わたし　　に ほん ご　　べんきょう

② 私は　うちで　テレビを　見ます。
わたし　　　　　　　　　　　　み

Point

☑ 何を　[動詞]　ますか
なに

☑ どこで　[動詞]　ますか

例文 れい ぶん 🔘 T21

1 A 何を　しますか。
　　なに

B 洗たくを　します。
　　せん

2 A 何を　飲みますか。
　　なに　　の

B コーヒーを　飲みます。
　　　　　　　　の

3 A どこで ご飯を 食べますか。
_{はん} _た

B 食堂で 食べます。
_{しょくどう} _た

4 A 明日は 何を 買いますか。
_{あした} _{なに} _か

B 何も 買いません。
_{なに} _か

単語
_{たんご}

7	のみます	（飲みます）	喝
8	ごはん	（ご飯）	飯
9	たべます	（食べます）	吃
10	しょくどう	（食堂）	餐廳、食堂
11	かいます	（買います）	買

練習問題
れん しゅう もん だい

1

例 1  ラーメンを　食べます。
た

例 2  日本語を　勉強しません。
に ほん ご　　べんきょう

1

2

3

4

44

2

例 ご飯を 食べます。 [食堂]
　　 はん　　　た　　　　　しょくどう

　→ **A** どこで ご飯を 食べますか。
　　　　　　　　　　はん　　　た

　　 B 食堂で 食べます。
　　　　 しょくどう　　た

1 シャツを 買います。 [デパート] →
　　　　　　か

2 写真を 撮ります。 [公園] →
　 しゃしん　　と　　　　　こうえん

3 洗たくを します。 [寮] →
　 せん　　　　　　　　　　りょう

4 手紙を 書きます。 [部屋] →
　 て がみ　　か　　　　　 へや

┌─ **単 語**
│ たん ご
•••

12	ラーメン		拉麵
13	シャツ	[shirt]	襯衫
14	しゃしん	（写真）	相片
15	とります	（撮ります）	拍照
16	りょう	（寮）	宿舍
17	てがみ	（手紙）	信
18	かきます	（書きます）	書寫

練習問題
れん しゅう もん だい

3 例 します

→ **A** 何を　しますか。
なに

B 何も　しません。
なに

1 飲みます　→
の

2 食べます　→
た

3 買います　→
か

4 勉強します　→
べんきょう

4 *CD を聞いて答えましょう。* 💿 *T22*

例 午前中は　洗たくを　します。　　　　　　（　○　）

1 午後は　日本語を　勉強します。　　　　　（　　）

2 食堂で　ご飯を　食べます。　　　　　　　（　　）

3 日曜日は　何も　しません。　　　　　　　（　　）

4 デパートで　本を　買います。　　　　　　（　　）

---

memo

第15課

だい　じゅうご　か

▶ お正月は　どこへ　行きましたか。
　　しょうがつ　　　　　　　　い

会話
　かいわ　　🔘 T23

陳　　お正月は　どこへ　行きましたか。
ちん　　しょうがつ　　　　　　い

里奈　家族と　神社へ　行きました。
りな　　かぞく　じんじゃ　い

　　　陳さんは？
　　　ちん

陳　　私は　どこへも　行きませんでした。
ちん　わたし　　　　　　い

　　　友だちと　うちで　過ごしました。
　　　とも　　　　　　す

里奈　今年の　お正月は　寒かったですね。
りな　ことし　しょうがつ　さむ

陳　　そうですね。
ちん

　　　私は　ずっと　うちに　いました。
　　　わたし

 T24 ●●●●●●●●●●●●●●●●●●●●●●●●●●●●●●●●●●●●●●●

1 （お）しょうがつ	（（お）正月）	新年
2 かぞく	（家族）	家人
3 じんじゃ	（神社）	神社
4 ともだち	（友だち）	朋友
5 すごします	（過ごします）	度過（日子）
6 ことし	（今年）	今年
7 ずっと		一直

文型と例文
ぶん けい　れい ぶん

文型 ぶん けい 🔘 T25

① 私は　去年　アメリカへ　行きました。
わたし　きょねん　　　　　　　　い

② 昨日は　寒かったです。
きのう　　さむ

Point

☑ 動詞 ┤ました
　　　　└ませんでした

☑ い形容詞 ┤ い̶かったです
　　　　　　└ い̶くなかったです

例文 れい ぶん 🔘 T26

1 A デパートで　シャツを　買いましたか。
　　　　　　　　　　　　　か

　B はい、買いました。
　　　　　か

　B いいえ、買いませんでした。
　　　　　　か

2 A 日曜日に　何を　しましたか。
　　　<ruby>日曜日<rt>にちようび</rt></ruby>　<ruby>何<rt>なに</rt></ruby>

B 何も　しませんでした。
　　　<ruby>何<rt>なに</rt></ruby>

3 A 昨日　どこへ　行きましたか。
　　　<ruby>昨日<rt>きのう</rt></ruby>　　　<ruby>行<rt>い</rt></ruby>

B どこ（へ）も　行きませんでした。
　　　　　　　　　　<ruby>行<rt>い</rt></ruby>

4 A あの　電子辞書は　高かったですか。
　　　　　<ruby>電子辞書<rt>でんしじしょ</rt></ruby>　<ruby>高<rt>たか</rt></ruby>

B はい、高かったです。
　　　　　<ruby>高<rt>たか</rt></ruby>

B いいえ、高くなかったです。
　　　　　　<ruby>高<rt>たか</rt></ruby>

単語 <ruby>単語<rt>たんご</rt></ruby> ．．．．．．．．．．．．．．．．．．．．．．．．．．．

8	きのう	（昨日）	昨天
9	きょねん	（去年）	去年

練習問題
<ruby>れん<rt></rt></ruby> <ruby>しゅう<rt></rt></ruby> <ruby>もん<rt></rt></ruby> <ruby>だい<rt></rt></ruby>

1

例1 昨日　図書館へ　行きましたか。
きのう　としょかん　　　い

　　[はい]

　　→ はい、行きました。
　　　　　い

例2 おととい　博物館へ　行きましたか。
　　　　　　はくぶつかん　　い

　　[いいえ]

　　→ いいえ、行きませんでした。
　　　　　　　い

1 けさ　ご飯を　食べましたか。　[はい]　→
　　　　　　はん　　た

2 昨日の　晩　勉強しましたか。　[いいえ]　→
　　きのう　ばん　べんきょう

3 去年　アメリカへ　行きましたか。　[はい]　→
　　きょねん　　　　　い

4 おととし　台湾へ　来ましたか。　[いいえ]　→
　　　　　　たいわん　き

単語
<ruby>たん<rt></rt></ruby> <ruby>ご<rt></rt></ruby>

10	おととい		前天
11	けさ	（今朝）	今天早上
12	ばん	（晩）	晩上

52

2

例1 昨日 ／ 寒い
　　きのう　　さむ

→ 昨日は　寒かったです。
　きのう　　　さむ

例2 昨日 ／ 寒くない
　　きのう　　さむ

→ 昨日は　寒くなかったです。
　きのう　　　さむ

1 ケーキ ／ おいしい　→

2 この　カメラ ／ 高くない　→
　　　　　　　　たか

3 旅行 ／ 楽しくない　→
　りょこう　たの

4 あの　映画 ／ いい　→
　　　　えいが

🏷️ **単語**
　　たんご

13	おととし	（一昨年）	前年
14	りょこう	（旅行）	旅行
15	たのしい	（楽しい）	快樂的

練習問題
れん しゅう もん だい

3 例 デパートへ　行きます／妹
　　　　　　い　　　　　　　　いもうと

　→ *A* 誰と　デパートへ
　　　　だれ

　　行きましたか。
　　い

　　B 妹と　行きました。
　　　　いもうと　　い

1 映画を　見ます／ルームメート　→
　　えい が　　み

2 台湾へ　来ます／恋人　→
　　たいわん　　き　　　　こいびと

3 ご飯を　食べます／両親　→
　　　はん　　た　　　　りょうしん

4 買い物を　します／友だち　→
　　か　もの　　　　　　とも

🏷 **単語**
　　たん ご ┄┄┄┄┄┄┄┄┄┄┄┄┄┄┄┄┄┄┄┄┄┄┄┄┄┄┄┄┄

16	いもうと	（妹）	妹妹
17	ルームメート	[room mate]	室友
18	こいびと	（恋人）	情人
19	かいもの	（買い物）	買東西

4 CD を聞いて答えましょう。 🔵 *T27*
き こた

例 家族と 神社へ 行きました。 （ ○ ）
か ぞく じんじゃ い

1 陳さんは どこへも 行きませんでした。 （ ）
ちん い

2 お正月は 暖かかったです。 （ ）
しょうがつ あたた

3 電子辞書は 高くなかったです。 （ ）
でん し じ しょ たか

4 昨日は 何も しませんでした。 （ ）
きのう なに

---

memo

復習テスト [11〜15課]
ふくしゅう　　　　　じゅういち　じゅうご　か

1 絵を見て [＿＿＿＿] の中に最も適当な言葉を入れましょう。
え　み　　　　　　　　　　　なか　もっと　てきとう　ことば　い

❶ ノートが　[＿＿＿＿＿]　あります。

❷ 今日は　[＿＿＿＿＿]日です。
きょう　　　　　　　　　　　　び

❸ 私は　新幹線 [＿＿]　東京 [＿＿]
わたし　しんかんせん　　　　とうきょう

帰ります。
かえ

❹ 午後は　テレビを　[＿＿＿＿＿＿]。
ご ご

❺ 昨日は　[＿＿＿＿＿＿]　ですね。
きのう

2 [＿＿＿] に 何を 入れますか。下の a.b.c.d.e から 適当な 言葉
なに い した てきとう こと ば
を 選びましょう。
えら

❶ A 学生は [＿＿＿＿＿＿] いますか。
がくせい

B 10人 います。
じゅう にん

❷ A 毎朝 [＿＿＿＿＿] に 起きますか。
まいあさ お

B 7時に 起きます。
しち じ お

❸ A いつ 大阪へ 行きますか。
おおさか い

B [＿＿＿＿＿] 行きます。
い

❹ A 日曜日に 何を しますか。
にちようび なに

B [＿＿＿＿] も しません。

❺ A 電子辞書は 安かったですか。
でん し じ しょ やす

B いいえ、[＿＿＿＿＿] です。

a. 高かった　b. 何　c. 何時　d. 何人　e. 来月
たか　　　なに　なんじ　なんにん　らいげつ

3 次の文章を読んで、正しいものには○を、間違っているも
　　つぎ　ぶんしょう　よ　　　　　　　ただ　　　　　　　　　　まちが
　　のには×を（　　）の中に書きましょう。
　　　　　　　　　　　　なか　か

　　陳さんは　学生です。毎朝　電車で　学校へ　行きます。
　　ちん　　　　がくせい　　まいあさ　でんしゃ　がっこう　　い

学校で　日本語を　勉強します。土曜日と　日曜日は　休
がっこう　にほんご　べんきょう　　　どようび　　にちようび　やす

みです。日曜日は　6時に　起きます。そして、うちで
　　　　にちようび　ろくじ　お

日本語を　勉強します。
にほんご　べんきょう

　　昨日　田中さんと　デパートへ　行きました。陳さんは
　　きのう　たなか　　　　　　　　　　い　　　　　　　ちん

シャツを　2枚　買いました。田中さんは　何も　買いま
　　　　にまい　か　　　　　たなか　　　なに　か

せんでした。それから　食堂で　ご飯を　食べました。
　　　　　　　　しょくどう　はん　た

---

❶ 陳さんは　毎朝　バスで　学校へ　行きます。（　　）
　ちん　　　まいあさ　　　　がっこう　い

❷ 陳さんは　日曜日　6時に　起きます。　　　　（　　）
　ちん　　　にちようび　ろくじ　お

❸ 陳さんは　昨日　シャツを　3枚　買いました。（　　）
　ちん　　　きのう　　　　さんまい　か

❹ 田中さんは　昨日　何も　買いませんでした。（　　）
　たなか　　　きのう　なに　か

ちょっと一休み

CDを聞いて、一緒に歌ってみましょう。 **T28**

茶摘み

文部省唱歌

なつも	ちかづく	はちじゅう	はちや
ひより	つづきの	きょうこの	ごろを

のにも	やまにも	わかばが	しげる
こころ	のどかに	つみつつ	うたう

あれに	みえるは	ちゃつみじゃ	ないか
つめよ	つめつめ	つまねば	ならぬ

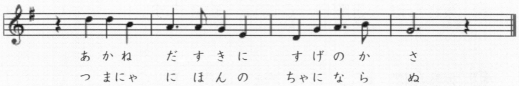

あかね	だすきに	すげのか	さね
つまにゃ	にほんの	ちゃになら	ぬ

茶摘み
ちゃつ

夏も　近づく　八十八夜
なつ　　ちか　　　はちじゅうはちや

野にも　山にも　若葉が　茂る
の　　　やま　　　わかば　　しげ

あれに　見えるは　茶摘みじゃないか
　　　　み　　　　ちゃつ

あかねだすきに　菅の　笠
　　　　　　　　すげ　かさ

日和つづきの　今日　このごろを
ひより　　　　　きょう

心のどかに　摘みつつ　歌う
こころ　　　　つ　　　　うた

摘めよ　摘め　摘め　摘まねば　ならぬ
つ　　　つ　　つ　　つ

摘まにゃ　日本の　茶に　ならぬ
つ　　　　にほん　ちゃ

夏日將至的八十八夜
原野和山坡皆嫩葉繁茂
在那裡的不是採茶人嗎？
綁著深紅色帶子　戴著菅草斗笠

在連日放晴的這個時節
心情悠哉地採茶高歌
採茶啊　採呀採呀　一定得採呀
不採就作不成日本的茶啊

▶ # 紅葉が　きれいでした。
こう　よう

会話　🔘 *T29*
かい　わ

田中　陳さん、旅行は　どうでしたか。
たなか　ちん　りょこう

陳　とても　楽しかったです。
ちん　たの

田中　秋の　箱根は　よかったでしょう。
たなか　あき　はこね

陳　はい、紅葉が　きれいでした。
ちん　こうよう

田中　温泉に　入りましたか。
たなか　おんせん　はい

陳　はい。すごく　気持ちが　よかったです。
ちん　きも

単語　🔘 *T30* ....
たんご

1	こうよう	（紅葉）	紅葉、楓葉
2	どう		如何
3	あき	（秋）	秋天
4	はこね	（箱根）	箱根

5	おんせん	（温泉）	温泉
6	すごく		非常
7	きもち	（気持ち）	心情、身體舒服與否的感覺

文型と例文
ぶん けい れい ぶん

❶ 箱根は　きれいでした。
はこね

❷ ここは　以前　ホテルでした。
いぜん

❸ 温泉は　気持ちが　よかったでしょう。
おんせん　　きも

Point

✔ | な形容詞 | な<del>な</del>でした
<del>な</del>じゃ　ありませんでした

✔ | 名詞 | でした
じゃ　ありませんでした

✔ ～でしょう

例　文
れい　ぶん　🔘 T32

1 A 紅葉は　きれいでしたか。
こうよう

B はい、きれいでした。

B いいえ、まだ、きれいじゃ　ありませんでした。

2 A 東京は　どうでしたか。

B とても　にぎやかでした。

3 A 大きい　公園ですね。

B ええ、ここは　以前　海でした。

4 A 北海道は　寒かったでしょう。

B はい、寒かったです。

単語

8	いぜん	（以前）	以前
9	ホテル	[hotel]	飯店
10	うみ	（海）	海
11	ほっかいどう	（北海道）	北海道

練習問題
れん　しゅう　もん　だい

1　例　箱根 ／ すてき
　　　　　　はこね

　　　→ **A**　箱根は　どうでしたか。
　　　　　　　はこね

　　　　　B　とても　すてきでした。

1　富士山 ／ きれい　→
　　　ふじさん

2　西門町 ／ にぎやか　→
　　　せいもんちょう

3　試験 ／ 簡単　→
　　　しけん　　かんたん

4　旅館 ／ 静か　→
　　　りょかん　しず

🏷 **単語**
　　たんご ••

12	ふじさん	（富士山）	富士山
13	かんたん	（簡単）	簡單
14	りょかん	（旅館）	旅館

2 例 あそこは　ホテルです。

→ あそこは　以前（いぜん）　ホテルでした。

1 あの　人（ひと）は　先生（せんせい）です。　→

2 私（わたし）は　エンジニアです。　→

3 林（りん）さんは　鈴木（すずき）さんの　恋人（こいびと）です。　→

4 ここは　台所（だいどころ）です。　→

┌─────┐
│ 単　語（たんご） │
└─────┘　••

15	しずか	（静か）	安靜的
16	エンジニア	[engineer]	工程師
17	だいどころ	（台所）	廚房

練習問題
<small>れん　しゅう　もん　だい</small>

3　例　台湾／暑い
<small>たいわん　あつ</small>

→ **A** 台湾は　暑かったでしょう。
<small>たいわん　あつ</small>

　　B はい、暑かったです。
<small>あつ</small>

1 北海道／寒い　→
<small>ほっかいどう　さむ</small>

2 京都／静か　→
<small>きょう と　しず</small>

3 先輩／親切　→
<small>せんぱい　しんせつ</small>

4 あの　映画／いい　→
<small>えい が</small>

単語
<small>たん　ご</small>

18	きょうと	（京都）	京都
19	せんぱい	（先輩）	前輩

4 CD を 聞いて 答えましょう。　🔘 *T33*
　　　　　き　　　こた

例 旅行は　楽しかったです。　　　　（ 〇 ）
　　りょこう　たの

1 箱根は　きれいでした。　　　　　　（　　）
　　はこね

2 温泉は　気持ちが　よかったです。　（　　）
　　おんせん　きも

3 昨日は　休みでした。　　　　　　　（　　）
　　きのう　やす

4 ここは　以前　海でした。　　　　　（　　）
　　　　いぜん　うみ

---

memo

第 17 課
だい　じゅうなな　か

▶ 大きくて、きれいな　デパートです。
　　おお

会話
かいわ　🔘 *T34*

田中　陳さん、日曜日に　どこかへ　行きましたか。
たなか　ちん　　にちようび　　　　　　　　　い

陳　　はい、太陽デパートへ　行きました。
ちん　　　　たいよう　　　　　　い

田中　あの　駅前の　新しい　デパートですね。
たなか　　　えきまえ　あたら

　　　どうでしたか。

陳　　大きくて、きれいな　デパートでした。
ちん　おお

田中　どんな　物を　買いましたか。
たなか　　　もの　か

陳　　服や　食べ物を　買いました。
ちん　ふく　た　もの　か

 T35 ••

1	たいよう	（太陽）	太陽
2	あたらしい	（新しい）	新的
3	もの	（物）	東西、物品
4	ふく	（服）	衣服
5	たべもの	（食べ物）	食物

文型と例文
ぶん けい れい ぶん

文型
ぶん けい 🔘 *T36*

❶ 学校の 食堂は 安くて おいしいです。
　 がっこう しょくどう やす

❷ この ホテルは きれいで 静かでした。
　　　　　　　　　　　　　　　しず

Point

☑ い形容詞 くて、〜です

☑ な形容詞 〜で〜です

例文
れい ぶん 🔘 *T37*

1 A 山田さんの 部屋は どんな 部屋ですか。
　　　やまだ 　　　へや 　　　　　　　　へや

B 小さくて きたない 部屋です。
　　ちい 　　　　　　　　　へや

2 A 山下さんは どんな 人ですか。
　　　やました 　　　　　　ひと

B きれいで 親切な 人です。
　　　　　　しんせつ ひと

3 A 京都は どうでしたか。
きょうと

 B 静かで 美しかったです。
しず　　　うつく

4 A けさ 何か 食べましたか。
なに　た

 B はい。パンを 食べました。
た

5 A 明日 どこか（へ） 行きますか。
あした　　　　　　　　い

 B いいえ、どこ（へ）も 行きません。
い

📎 **単語**
たんご ・・

| 6 | きたない | （汚い） | 髒的 |
| 7 | うつくしい | （美しい） | 美麗的 |

1　例　林さんは　どんな　人でしたか。　［やさしい］
　　　りん　　　　　　　ひと

　　→　やさしい　人でした。
　　　　　　　　ひと

1　京都は　どんな　所でしたか。　［美しい］　→
　　きょう と　　　　　　ところ　　　　　うつく

2　鈴木先生は　どんな　先生でしたか。　［きれい］　→
　　すず き せんせい　　　　　せんせい

3　南洋大学は　どんな　大学でしたか。　［大きい］　→
　　なんようだいがく　　　　　だいがく　　　　　　おお

単語
たん ご

8	なんようだいがく	（南洋大学）	南洋大學
9	レストラン	[restaurant]	餐廳
10	りょうり	（料理）	料理、飯菜
11	べんり	（便利）	方便
12	アパート	[apartment]	公寓
13	うるさい		吵雜的
14	まるやまこうえん	（円山公園）	圓山公園

2 　**例 1** あの　レストランの　料理は　どうですか。
　　　　　　　　　　　　　　　　りょう り

　　　　[安い ／ おいしい]
　　　　　　やす

　　　→　安くて　おいしいです。
　　　　　やす

　　例 2 あの　レストランの　料理は　どうでしたか。
　　　　　　　　　　　　　　　　りょう り

　　　　[安い ／ おいしい]
　　　　　　やす

　　　→　安くて　おいしかったです。
　　　　　やす

1 図書館は　どうですか。　　[静か ／ きれい]　→
　　と しょかん　　　　　　　　　しず

2 この　辞書は　どうですか。　　[小さい ／ 便利]　→
　　　　じ しょ　　　　　　　　　　ちい　　　べん り

3 山田さんの　アパートは　どうでしたか。
　　やま だ

　　[うるさい ／ きたない]　→

4 円山公園は　どうでしたか。　　[大きい ／ きれい]　→
　　まるやまこうえん　　　　　　　　　おお

3

例 日曜日に　どこかへ　行きましたか。
　にちよう び　　　　　　　　い

　[友だちの　うち]
　　とも

　→ はい、友だちの　うちへ
　　　　　　とも

　　行きました。
　　　い

　→ いいえ、どこへも　行きませんでした。
　　　　　　　　　　　い

1 デパートで　何か　買いましたか。　[靴]　→
　　　　　　　なに　か　　　　　　　くつ

2 教室に　誰か　いましたか。　[先生]　→
　　きょうしつ　だれ　　　　　　せんせい

3 この　池に　何か　いますか。　[魚]　→
　　　　いけ　なに　　　　　さかな

4 この　部屋に　何か　ありますか。　[絵]　→
　　　　へや　なに　　　　　え

単語
たん ご

15	くっ	（靴）	鞋
16	え	（絵）	畫

4 *CDを聞いて答えましょう。*　　💿 *T38*
き　こた

例 大きくて、きれいな　デパートでした。　　　（　〇　）
おお

1 京都は　静かな　所でした。　　　　　　　　（　　）
きょう と　　　しず　　　ところ

2 林さんが　いました。　　　　　　　　　　　（　　）
りん

3 何も　ありませんでした。　　　　　　　　　（　　）
なに

4 デパートで　安くて　かわいい
やす

シャツを　買いました。　　　　　　　　　　（　　）
か

---

memo

▶ 家族に　電話を　かけました。
か ぞく　　　でん わ

里奈　陳さんは　もう　3か月　日本に　いますね。
り な　ちん　　　　　　　さん　げつ　に ほん

　　　さびしくないですか。

陳　　ええ、とても　さびしいです。
ちん

　　　昨日は　家族に　1時間　電話を　かけました。
きのう　か ぞく　いち じ かん　でん わ

里奈　電話代が　大変でしょう。
り な　でん わ だい　たいへん

陳　　はい、それで、友だちには　Eメールや　手紙で
ちん　　　　　　　とも　　　　　　　　　て がみ

　　　連絡します。
れんらく

里奈　そうですか。
り な

 **T40** ••

1	でんわ	（電話）	電話
2	かけます		撥打（電話）
3	…かげつ	（…か月）	…個月
4	さびしい	（寂しい）	寂寞的
5	…じかん	（…時間）	…小時
6	でんわだい	（電話代）	電話費
7	たいへん	（大変）	（程度）驚人
8	それで		然後
9	Eメール	[e-mail]	電子郵件
10	れんらくします	（連絡します）	連絡

文型と例文
ぶん けい れい ぶん

文型
ぶん けい　　🔘 T41

❶ 私は　東京に　6か月　います。
わたし　とうきょう　ろっ げつ

❷ 私は　鉛筆で　作文を　書きます。
わたし　えんぴつ　さくぶん　か

❸ 私は　家族に　電話を　かけます。
わたし　か ぞく　でん わ

Point

☑　どのぐらい　〜か

☑　名詞（手段・方法）　で　動詞　ます

☑　名詞（對象）　に　動詞　ます

例文
れい ぶん　　🔘 T42

1 A どのぐらい　大阪に　いますか。
　　　　　　おおさか

B 1週間ぐらい　います。
いっしゅうかん

80

2 A 東京から　台北まで　何時間ぐらい　かかりますか。
　　　とうきょう　　タイペイ　　なんじかん

　　B 飛行機で　３時間ぐらい　かかります。
　　　ひこうき　　　さんじかん

3 A 日本語で　手紙を　書きますか。
　　　にほんご　　てがみ　　か

　　B いいえ、英語で　書きます。
　　　　　　えいご　　　か

4 A 誰に　電話を　かけましたか。
　　　だれ　でんわ

　　B 友だちに　かけました。
　　　とも

単語
たんご

11	さくぶん	（作文）	作文
12	どのぐらい		多久、多少
13	～ぐらい		大約～
14	かかります		花費

練習問題
<ruby>れん<rt></rt></ruby>

1

例 毎日 ／ 日本語 ／ 勉強します ／ 2時間

→ **A** 毎日　どのぐらい　日本語を　勉強しますか。

B 2時間ぐらい　勉強します。

1 日本語 ／ 勉強しました ／ 6か月　→

2 日本で ／ 働きました ／ 3年　→

3 東京から ／ 大阪まで ／ 新幹線で ／

かかります ／ 2時間半　→

4 昨日 ／ テレビ ／ 見ました ／ 4時間　→

┌─────┐
│ 単 語 │
└─────┘ ・・・

| 15 | はたらきます | （働きます） | 工作 |
| 16 | カレーライス | [curry and rice] | 咖哩飯 |

2

例 ご飯を　食べます。　[はし]
　は ん　　た

　→ はしで　ご飯を　食べます。
　　　　　　　は ん　　た

1 作文を　書きます。　[鉛筆]　→
　　 さくぶん　か　　　　　えんぴつ

2 カレーライスを　食べます。　[スプーン]　→
　　　　　　　　　た

3 クラスメートに　連絡します。　[Eメール]　→
　　　　　　　　　れんらく

4 手紙を　書きます。　[英語]　→
　　 てがみ　か　　　　　えいご

単語
たん ご

17	スプーン	[spoon]	湯匙

練習問題
れん しゅう もん だい

3 例 友だち ／ 電話 ／ かけます
　　とも　　　　でん わ

→ **A** 誰に　電話を　かけましたか。
　　　だれ　　でん わ

　　B 友だちに　電話を　かけました。
　　　　とも　　　　でん わ

1 両親 ／ 手紙 ／ 書きます　→
　　りょうしん　て がみ　　か

2 陳さん ／ 荷物 ／ 送ります　→
　　ちん　　　　に もつ　　おく

3 友だち ／ 辞書 ／ 借ります　→
　　とも　　　　じ しょ　　か

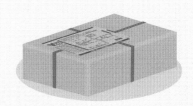

▸ **単 語**
　たん ご　•••

18	にもつ	（荷物）	行李
19	おくります	（送ります）	運送
20	かります	（借ります）	借來

84

4 CD を 聞いて 答えましょう。　　🔘 **T43**
き　　　こた

> **例** 陳さんは　2か月　日本に　います。　　　　（　×　）
> ちん　　　　に げつ　　にほん

1 昨日　1時間　友だちに　電話を　かけました。　（　　　）
きのう　いち じ かん　とも　　　　でん わ

2 1年　日本語を　勉強しました。　　　　　　　（　　　）
いちねん　に ほん ご　　べんきょう

3 ボールペンで　手紙を　書きました。　　　　　（　　　）
て がみ　　か

4 台北から　東京まで　3時間ぐらい
タイペイ　　とうきょう　　さん じ かん

かかります。　　　　　　　　　　　　　　　　（　　　）

---

memo

第 19 課

だい　じゅうきゅう　か

▶ 冷たい　飲み物が　ほしいです。
つめ　　　　の　もの

会話 🔘 T44
かいわ

陳　　そろそろ　お昼ですね。食事を　しませんか。
ちん　　　　　　　ひる　　　　しょくじ

田中　はい。そこの　中華料理店は　どうですか。
たなか　　　　　　　ちゅうかりょうりてん

——在店內看菜單——

陳　　冷たい　飲み物が　ほしいですね。
ちん　つめ　　　の　もの

田中　ウーロン茶は　どうですか。
たなか　　　　ちゃ

陳　　いいですね。私は　辛い物を　食べたいです。
ちん　　　　　　わたし　から　もの　　た

田中　じゃ、回鍋肉に　しましょう。
たなか　　　ホイコーロー

単語  🔘 T45 ●●●●●●●●●●●●●●●●●●●●●●●●●●●●●●●●●●●●
たんご

1　つめたい　　　　　（冷たい）　　　　　冷的

単語
（たんご）

2	のみもの	（飲み物）	飲料
3	ほしい	（欲しい）	想要
4	そろそろ		差不多該
5	おひる	（お昼）	中午
6	しょくじ	（食事）	飲食
7	ちゅうかりょうりてん	（中華料理店）	中式餐廳
8	ウーロンちゃ	（ウーロン茶）	烏龍茶
9	からい	（辛い）	辣的
10	ホイコーロー	（回鍋肉）	回鍋肉

文型と例文
ぶん けい　れい ぶん

文 型　ぶん けい　🔊 T46

❶ 私は　ネックレスが　ほしいです。
　わたし

❷ 私は　カレーライスを　食べたいです。
　わたし　　　　　　　　　　　　　た

❸ 一緒に　食事を　しませんか。
　いっしょ　しょく じ

Point

☑　[名詞]　が　ほしいです

☑　[動詞]　たいです

☑　〜　[動詞]　ませんか

例 文　れい ぶん　🔊 T47

1 A 僕は　今　車が　ほしいです。あなたは？
　　ぼく　いま　くるま

B 私は　何も　ほしく　ないです。
　わたし　なに

2 A 日本の　どこへ　行きたいですか。
　　　に ほん　　　　　　　　い

B 北海道へ　行きたいです。
　　ほっかいどう　　　　い

3 A 疲れましたね。
　　　つか

B ええ。今は　何も　したく　ないです。
　　　　　いま　　なに

4 A 日曜日に　ディズニーランドへ　行きませんか。
　　　にちよう び　　　　　　　　　　　　　　い

B いいですね。

単語
たん ご

11	ネックレス	[necklace]	項鍊
12	いっしょに	（一緒に）	一起
13	つかれます	（疲れます）	疲倦、累

練習問題
れん しゅう もん だい

1

例 誕生日 ／ 時計
たんじょう び　　とけい

→ **A** 誕生日に 何が 欲しいですか。
たんじょう び　　なに　　ほ

B 時計が 欲しいです。
とけい　　　　ほ

1 バレンタインデー ／ チョコレート →

2 クリスマス ／ デジタルカメラ →

3 結婚記念日 ／ ネックレス →
けっこん き ねん び

4 今 ／ 恋人 →
いま　　こいびと

単語
たん　ご ••

14	バレンタインデー	[St. Valentine's day]	情人節
15	チョコレート	[chocolate]	巧克力
16	クリスマス	[Christmas]	耶誕節

2 例 デパートで 何を 買いたいですか。

[かばん]

→ かばんを 買いたいです。

1 日曜日に どこへ 行きたいですか。 [京都] →

2 北海道で 何を したいですか。 [スキー] →

3 お昼に 何を 食べたいですか。 [何も] →

4 大学で 何を 勉強したいですか。 [日本語] →

単語

| 17 | デジタルカメラ | [digital camera] | 數位相機 |
| 18 | けっこんきねんび | （結婚記念日） | 結婚紀念日 |

練習問題
（れん　しゅう　もん　だい）

3

例　一緒に　映画を　見ます。
　　（いっしょ）（えいが）　（み）

　→ A　一緒に　映画を　見ませんか。
　　　　（いっしょ）（えいが）　（み）

　　B　いいですね。

1　一緒に　京都へ　行きます。　→
　　　（いっしょ）（きょうと）（い）

2　ここで　コーヒーを　飲みます。→
　　　　　　　　　　　　　　（の）

3　日曜日に　テニスを　します。　→
　　　（にちようび）

4　明日　一緒に　ご飯を　食べます。　→
　　　（あした）（いっしょ）（はん）（た）

4 CD を聞いて答えましょう。　💿 *T48*
き　　こた

例 田中さんは　ネックレスが　欲しいです。　　（　×　）
た なか　　　　　　　　　　　　　　　　ほ

1 陳さんは　ボーイフレンド が　欲しいです。　（　　）
ちん　　　　　　　　　　　　　　　　　ほ

2 日曜日に　ディズニーランドへ
にちよう び

行きたいです。　　　　　　　　　　　　　　（　　）
い

3 私は　ネックレスが　欲しいです。　　　　（　　）
わたし　　　　　　　　　　　　ほ

4 何も　したくないです。　　　　　　　　　（　　）
なに

---

memo

第 20 課
だい にじゅう か

▶ 春休みに　旅行に　行きます。
はる やす　　　　　りょ こう　　　　い

会話
かい わ　　🔘 **T49**

陳　もうすぐ　春休みですね。
ちん　　　　　はるやす

田中　そうですね。陳さんは　何か　予定が　ありますか。
た なか　　　　　　　　ちん　　なに　　よてい

陳　３月に　韓国へ　旅行に　行きます。田中さんは？
ちん　さんがつ　かんこく　りょこう　い　　　　た なか

田中　友だちが　東京へ　遊びに　来ます。
た なか　とも　　とうきょう　あそ　　き

ですから、どこへも　行きません。
い

単語
たん ご　　🔘 **T50** ・・・・・・・・・・・・・・・・・・・・・・・・・・・・・・・・・・・・・・

1	はるやすみ	（春休み）	春假
2	もうすぐ		快要、就快
3	よてい	（予定）	預定

単語
たんご

4	あそびます	（遊びます）	玩
5	ですから		所以

文型と例文
ぶん けい れい ぶん

❶ 私は　韓国へ　旅行に　行きます。
わたし　　かんこく　　りょこう　　い

❷ 私は　スーパーへ　野菜を　買いに　行きます。
わたし　　　　　　　や さい　　か　　　い

❸ 友だちが　東京へ　遊びに　来ます。
とも　　　とうきょう　あそ　　き

❹ 陳さんは　うちへ　ご飯を　食べに　帰ります。
ちん　　　　　　はん　　た　　　かえ

Point

☑ 　動詞・名詞（目的）　に ⎰ 行きます

来ます

帰ります

1 A どこへ　行きますか。
い

B 公園へ　散歩に　行きます。
こうえん　さん ぽ　　い

2 A デパートへ　何を　買いに　行きますか。
　　　　　　　なに　　　か　　　い

B スーツを　買いに　行きます。
　　　　　　か　　　い

3 A 陳さん、どこへ　行きますか。
　　　ちん　　　　　　　い

B うちへ　宿題を　取りに　帰ります。
　　　　　しゅくだい　と　　　かえ

4 A 明日　映画を　見に　行きませんか。
　　　あした　えいが　み　　い

B すみません、明日は　友だちが　遊びに　来ます。
　　　　　　　あした　　とも　　　あそ　　　き

単語
　たんご

6	やさい	（野菜）	蔬菜
7	スーツ	[suit]	套裝、西裝
8	しゅくだい	（宿題）	作業、功課
9	とります	（取ります）	拿

1

例 韓国 ／ 旅行 ／ 行きます
　　かんこく　　りょこう　　い

→ 韓国へ　旅行に　行きます。
　　かんこく　　りょこう　　い

1 公園 ／ 散歩 ／ 行きます　→
　　こうえん　　さんぽ　　い

2 大阪 ／ 観光 ／ 来ました　→
　　おおさか　　かんこう　　き

3 香港 ／ 仕事 ／ 行きます　→
　　ホンコン　　しごと　　い

4 うち ／ 食事 ／ 帰ります　→
　　　　　　しょくじ　　かえ

単語
たんご

10	さんぽ	（散歩）	散歩
11	かんこう	（観光）	觀光
12	ホンコン	（香港）	香港
13	コンビニ	[convenience store]	便利商店

2

例 北海道 ／ ラーメン ／ 食べます
　ほっかいどう　　　　　　　　　　た

→ 北海道へ　ラーメンを　食べに
　ほっかいどう　　　　　　　　　た

行きます。
い

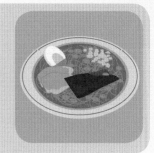

1 コンビニ ／ アイスクリーム ／ 買います　→
　　　　　　　　　　　　　　　　　　　か

2 台北 ／ コンサート ／ 聞きます　→
　タイペイ　　　　　　　　　き

3 公園 ／ 写真 ／ 撮ります　→
　こうえん　しゃしん　と

4 図書館 ／ 本 ／ 借ります　→
　としょかん　ほん　か

単語
たんご

14	アイスクリーム	[ice cream]	冰淇淋
15	コンサート	[concert]	音樂會
16	ききます	（聞きます）	聽

練習問題
れん しゅう もん だい

3

例 北海道 ／ 遊びます ／ 寒いです
　　ほっかいどう　　　あそ　　　　　　　さむ

→ A 北海道へ　遊びに
　　　ほっかいどう　　あそ

行きました。
い

B どうでしたか。

A とても　寒かったです。
　　　　　　　さむ

1 東京 ／ コンサートを　聞きます ／ いい　→
　　とうきょう　　　　　　　　　き

2 台北 ／ 仕事を　します ／ 忙しい　→
　　タイペイ　し ごと　　　　　　いそが

3 レストラン ／ 食事を　します ／ まずい　→
　　　　　　　　しょく じ

4 西門町 ／ 映画を　見ます ／ おもしろい　→
　　せいもんちょう　えい が　　み

単語
たん ご ••

17 いそがしい　　　　　（忙しい）　　　　　　忙碌的

18 まずい　　　　　　　　　　　　　　　　　　難吃的

4 CD を聞いて答えましょう。 T53
き こた

例 もうすぐ　春休みです。 （ × ）
はるやす

1 公園へ　散歩に　行きます。 （ 　 ）
こうえん　さんぽ　い

2 陳さんは　スーパーへ　パンを
ちん

買いに　行きます。 （ 　 ）
か　い

3 田中さんは　韓国へ　旅行に　行きます。 （ 　 ）
たなか　かんこく　りょこう　い

4 友だちが　台北へ　遊びに　来ます。 （ 　 ）
タイペイ　あそ　き

---

memo

復習テスト [16 ～ 20 課]
ふく しゅう じゅうろく にじゅっ か

1 絵を見て [＿＿＿＿] の中に最も適当な言葉を入れましょう。
え み なか もっと てきとう ことば い

❶ 秋の　箱根は　紅葉が
あき はこね こうよう

[＿＿＿＿＿＿] でした。

❷ 駅前の　デパートは　[＿＿＿＿＿]
えきまえ

て、きれいな　デパートでした。

❸ 友だちに　電話を　[＿＿＿＿＿＿]。
とも でんわ

❹ 私は　ウーロン茶が
　　わたし　　　　　　　ちゃ

　[＿＿＿＿＿＿] です。

3時間

❺ 東京から　台北まで　3時間ぐらい
　　とうきょう　　タイペイ　　さん じ かん

　[＿＿＿＿＿＿]。

103

復習テスト [16〜20課]

2 [＿＿＿＿] に何を入れますか。下の a.b.c.d.e から適当な言葉を選びましょう。

❶ *A* 東京は [＿＿＿＿＿] でしたか。

   B とても　にぎやかでした。

❷ *A* 山田さんは [＿＿＿＿＿] 人ですか。

   B きれいで　親切な　人です。

❸ *A* [＿＿＿＿＿]　大阪に　いますか。

   B 1週間　います。

❹ *A* [＿＿＿＿＿]を　食べたいですか。

   B カレーライスを　食べたいです。

❺ *A* [＿＿＿＿＿]へ　行きますか。

   B 公園へ　散歩に　行きます。

a. なに　b. どこ　c. どんな　d. どう　e. どのぐらい

3 次の文章を読んで、正しいものには○を、間違っているも
つぎ ぶんしょう よ ただ まちが
のには×を（　　）の中に書きましょう。
なか か

　　私は　去年の　秋　箱根へ　旅行に　行きました。東京
　　わたし　きょねん　あき　はこね　りょこう　　い　　　　　　とうきょう
から　箱根まで　電車で　2時間ぐらい　かかりました。
　　　はこね　　でんしゃ　にじかん
ホテルは　きれいで　静かでした。ホテルで　家族に　手
　　　　　　　　　しず　　　　　　　　　　かぞく　　て
紙を　書きました。冬休みは　北海道へ　スキーに　行き
がみ　か　　　　ふゆやす　　ほっかいどう　　　　　　　い
たいです。そして、北海道で　ラーメンを　食べたいです。
　　　　　　ほっかいどう　　　　　　　た

---

❶ 東京から　箱根まで　飛行機で　2時間ぐらい
　とうきょう　はこね　　ひこうき　　にじかん

かかりました。　　　　　　　　　　　　　（　　　）

❷ ホテルは　きれいで　静かでした。　　　（　　　）
　　　　　　　　　しず

❸ 私は　冬休み　韓国へ　スキーに　行きたいです。（　　　）
　わたし　ふゆやす　かんこく　　　　　い

❹ 私は　北海道で　ラーメンを　食べたいです。（　　　）
　わたし　ほっかいどう　　　　　た

ちょっと一休み

CDを聞いて、一緒に歌ってみましょう。 **T54**

 もみじ

作詞　高野辰之／作曲　岡野貞一

あきのゆう　　　ひに　　　　てるやま　　　もみ　じ
たにのなが　　　れに　　　　ちりうく　　　もみ　じ

こいもうす　　　いも　　　　かずある　　　なかに
なみにゆら　　　れて　　　　はなれて　　　よって

まつをいろ　　　どる　　　　かえでや　　　つたは
あかやきい　　　ろの　　　　いろさま　　　ざまに

やまのふも　　　との　　　　すそもよ　　　う
みずのうえ　　　にも　　　　おるにし　　　き

もみじ

秋の　夕日に　てる山　もみじ
あき　ゆうひ　　　やま

こいも　うすいも　数ある　中に
　　　　　　　　　かず　　なか

まつを　いろどる　かえでやつたは

山の　ふもとの　すそもよう
やま

谷の　流れに　ちりうく　もみじ
たに　なが

波に　ゆられて　はなれて　よって
なみ

赤や　黄色の　色さまざまに
あか　きいろ　いろ

水の　上にも　おるにしき
みず　うえ

秋天的夕陽　照耀著山野楓樹
有深紅有淡紅　在滿山楓紅中
把松樹染色的　楓樹和常春藤
描繪出山腳　邊緣一圈花樣

溪谷的流水上　飄落浮沈的楓葉
隨波漂流　有時散有時聚
有紅色和黃色　五彩繽紛
在溪流水面上　編織綾錦

物品	小物品	細長的物品	書或筆記本等
ひとつ　　1つ	いっこ　　1個	いっぽん　1本	いっさつ　1冊
ふたつ　　2つ	にこ　　　2個	にほん　　2本	にさつ　　2冊
みっつ　　3つ	さんこ　　3個	さんぼん　3本	さんさつ　3冊
よっつ　　4つ	よんこ　　4個	よんほん　4本	よんさつ　4冊
いつつ　　5つ	ごこ　　　5個	ごほん　　5本	ごさつ　　5冊
むっつ　　6つ	ろっこ　　6個	ろっぽん　6本	ろくさつ　6冊
ななつ　　7つ	ななこ　　7個	ななほん　7本	ななさつ　7冊
やっつ　　8つ	はっこ　　8個	はっぽん　8本	はっさつ　8冊
ここのつ　9つ	きゅうこ　9個	きゅうほん9本	きゅうさつ9冊
とお　　　10	じゅっこ じっこ　　10個	じゅっぽん じっぽん　10本	じゅっさつ じっさつ　10冊
いくつ	なんこ　　何個	なんぼん　何本	なんさつ　何冊

人	順序	薄而扁的物品等	車輛及機器等
ひとり　　1人	いちばん　　1番	いちまい　　1枚	いちだい　　1台
ふたり　　　2人	にばん　　　2番	にまい　　　2枚	にだい　　　2台
さんにん　3人	さんばん　　3番	さんまい　　3枚	さんだい　　3台
よにん　　　4人	よんばん　　4番	よんまい　　4枚	よんだい　　4台
ごにん　　　5人	ごばん　　　5番	ごまい　　　5枚	ごだい　　　5台
ろくにん　6人	ろくばん　　6番	ろくまい　　6枚	ろくだい　　6台
ななにん しちにん　7人	ななばん　　7番	ななまい　　7枚	ななだい　　7台
はちにん　8人	はちばん　　8番	はちまい　　8枚	はちだい　　8台
きゅうにん9人	きゅうばん9番	きゅうまい9枚	きゅうだい9台
じゅうにん10人	じゅうばん10番	じゅうまい10枚	じゅうだい10台
なんにん　何人	なんばん　　何番	なんまい　　何枚	なんだい　　何台

年齢	衣物	順序及次數	鞋子、襪子等
いっさい　1歳	いっちゃく　1着	いっかい　1回	いっそく　1足
にさい　　2歳	にちゃく　2着	にかい　　2回	にそく　　2足
さんさい　3歳	さんちゃく　3着	さんかい　3回	さんぞく　3足
よんさい　4歳	よんちゃく　4着	よんかい　4回	よんそく　4足
ごさい　　5歳	ごちゃく　5着	ごかい　　5回	ごそく　　5足
ろくさい　6歳	ろくちゃく　6着	ろっかい　6回	ろくそく　6足
ななさい　7歳	ななちゃく　7着	ななかい　7回	ななそく　7足
はっさい　8歳	はっちゃく　8着	はっかい　8回	はっそく　8足
きゅうさい 9歳	きゅうちゃく 9着	きゅうかい 9回	きゅうそく 9足
じゅっさい じっさい　10歳	じゅっちゃく じっちゃく 10着	じゅっかい じっかい 10回	じゅっそく じっそく 10足
なんさい　何歳	なんちゃく　何着	なんかい　何回	なんぞく　何足

房屋	盛在容器之液體、米飯等	蟲、魚、鳥、獸等
いっけん　1 軒	いっぱい　1 杯	いっぴき　1 匹
にけん　　2 軒	にはい　　2 杯	にひき　　2 匹
さんげん　3 軒	さんばい　3 杯	さんびき　3 匹
よんけん　4 軒	よんはい　4 杯	よんぴき　4 匹
ごけん　　5 軒	ごはい　　5 杯	ごひき　　5 匹
ろっけん　6 軒	ろっぱい　6 杯	ろっぴき　6 匹
ななけん　7 軒	ななはい　7 杯	ななひき　7 匹
はっけん　8 軒	はっぱい　8 杯	はっぴき　8 匹
きゅうけん　9 軒	きゅうはい　9 杯	きゅうひき　9 匹
じゅっけん じっけん　10 軒	じゅっぱい じっぱい　10 杯	じゅっぴき じっぴき　10 匹
なんげん　何軒	なんばい　何杯	なんびき　何匹

●日にちや期間　　　　　　　　　　　（時間、日期等）期間●

日曜日 にちようび	月曜日 げつようび	火曜日 かようび	水曜日 すいようび	木曜日 もくようび	金曜日 きんようび	土曜日 どようび
1 ついたち	2 ふつか	3 みっか	4 よっか	5 いつか	6 むいか	7 なのか
8 ようか	9 ここのか	10 とおか	11 じゅういちにち	12 じゅうににち	13 じゅうさんにち	14 じゅうよっか
15 じゅうごにち	16 じゅうろくにち	17 じゅうしちにち	18 じゅうはちにち	19 じゅうくにち	20 はつか	21 にじゅういちにち
22 にじゅうににち	23 にじゅうさんにち	24 にじゅうよっか	25 にじゅうごにち	26 にじゅうろくにち	27 にじゅうしちにち	28 にじゅうはちにち
29 にじゅうくにち	30 さんじゅうにち	31 さんじゅういちにち				

おととい	一昨日	前天	らいしゅう	来週	下星期
きのう	昨日	昨天	さらいしゅう	再来週	下下星期
きょう	今日	今天	おととし	一昨年	前年
あした	明日	明天	きょねん	去年	去年
あさって	明後日	後天	ことし	今年	今年
せんせんしゅう	先々週	上上星期	らいねん	来年	明年
せんしゅう	先週	上星期	さらいねん	再来年	後年
こんしゅう	今週	這星期			

～月		～號		星期～	
いちがつ	1月	ついたち	1日	げつようび	月曜日 星期一
にがつ	2月	ふつか	2日	かようび	火曜日 星期二
さんがつ	3月	みっか	3日		
しがつ	4月	よっか	4日	すいようび	水曜日 星期三
ごがつ	5月	いつか	5日		
ろくがつ	6月	むいか	6日	もくようび	木曜日 星期四
しちがつ	7月	なのか	7日		
はちがつ	8月	ようか	8日	きんようび	金曜日 星期五
くがつ	9月	ここのか	9日		
じゅうがつ	10月	とおか	10日	どようび	土曜日 星期六
じゅういちがつ	11月	はつか	20日		
じゅうにがつ	12月	さんじゅうにち	30日	にちようび	日曜日 星期日
なんがつ	何月	なんにち	何日	なんようび	何週間 星期幾

～個小時		～天		～個星期	
いちじかん	1時間	いちにち	1日	いっしゅうかん	1週間
にじかん	2時間	ふつかかん	2日間	にしゅうかん	2週間
さんじかん	3時間	みっかかん	3日間	さんしゅうかん	3週間
よじかん	4時間	よっかかん	4日間	よんしゅうかん	4週間
ごじかん	5時間	いつかかん	5日間	ごしゅうかん	5週間
ろくじかん	6時間	むいかかん	6日間	ろくしゅうかん	6週間
ななじかん しちじかん	7時間	なのかかん	7日間	ななしゅうかん	7週間
はちじかん	8時間	ようかかん	8日間	はっしゅうかん	8週間
くじかん	9時間	ここのかかん	9日間	きゅうしゅうかん	9週間
じゅうじかん	10時間	とおかかん	10日間	じゅっしゅうかん じっしゅうかん	10週間
なんじかん	何時間	なんにちかん	何日間	なんしゅうかん	何週間

～個月		～年	
いっかげつ	1か月	いちねん	1年
にかげつ	2か月	にねん	2年
さんかげつ	3か月	さんねん	3年
よんかげつ	4か月	よねん	4年
ごかげつ	5か月	ごねん	5年
ろっかげつ	6か月	ろくねん	6年
ななかげつ しちかげつ	7か月	ななねん しちねん	7年
はっかげつ	8か月	はちねん	8年
きゅうかげつ	9か月	きゅうねん くねん	9年
じゅっかげつ じっかげつ	10か月	じゅうねん	10年
なんかげつ	何か月	なんねん	何年

●私の家族
わたし か ぞく

我的家人●

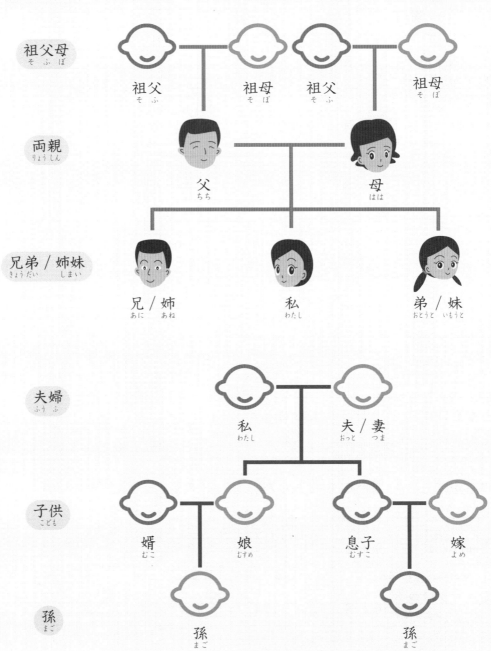

祖父母
そ ふ ぼ

祖父
そ ふ

祖母
そ ぼ

祖父
そ ふ

祖母
そ ぼ

両親
りょうしん

父
ちち

母
はは

兄弟／姉妹
きょうだい　しまい

兄／姉
あに　あね

私
わたし

弟／妹
おとうと　いもうと

夫婦
ふう ふ

私
わたし

夫／妻
おっと　つま

子供
こども

婿
む

娘
むすめ

息子
むすこ

嫁
よめ

孫
まご

孫
まご

孫
まご

116

親戚
しんせき

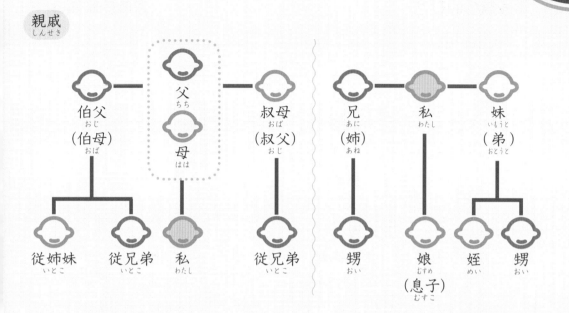

●鈴木さんのご家族●
すずき　　　　　かぞく

● （鈴木的家人） ●

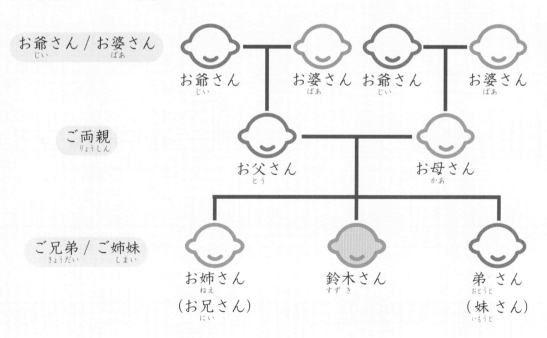

●家族の呼び方　　　　　　　　　　　家族的稱謂●

そふぼ	祖父母	祖父母
そふ	祖父	祖父
そぼ	祖母	祖母
おじいさん	お爺さん	爺爺
おばあさん	お婆さん	奶奶
りょうしん	両親	父母
ちち	父	爸爸
はは	母	媽媽
ごりょうしん	ご両親	（尊稱他人的）父母
おとうさん	お父さん	（尊稱他人的）父親
おかあさん	お母さん	（尊稱他人的）母親
きょうだい	兄弟	兄弟
しまい	姉妹	姊妹
あに	兄	哥哥
あね	姉	姊姊
おとうと	弟	弟弟
いもうと	妹	妹妹
ごきょうだい	ご兄弟	（尊稱他人的）兄弟
ごしまい	ご姉妹	（尊稱他人的）姊妹
おにいさん	お兄さん	（尊稱他人的）哥哥
おねえさん	お姉さん	（尊稱他人的）姊姊
おとうとさん	弟さん	（尊稱他人的）弟弟
いもうとさん	妹さん	（尊稱他人的）妹妹
ふうふ	夫婦	夫婦
おっと	夫	丈夫
つま	妻	妻子

ごふさい	ご夫妻	（尊稱他人的）夫妻
ごしゅじん	ご主人	（尊稱他人的）先生
おくさん	奥さん	（尊稱他人的）太太
こども	子供	孩童；子女
むすこ	息子	兒子
むすめ	娘	女兒
おこさん	お子さん	（尊稱他人的）子女
むすこさん	息子さん	（尊稱他人的）兒子
むすめさん	娘さん	（尊稱他人的）女兒
むこ	婿	女婿
よめ	嫁	媳婦
おむこさん	お婿さん	（尊稱他人的）女婿
およめさん	お嫁さん	（尊稱他人的）媳婦
まご	孫	孫子
おまごさん	お孫さん	（尊稱他人的）孫子
しんせき	親戚	親戚
ごしんせき	ご親戚	（尊稱他人的）親戚
おじ	伯父／叔父	伯伯、叔叔、舅舅
おば	伯母／叔母	姑姑、阿姨、嬸嬸
おじさん	伯父さん／叔父さん	（尊稱他人的）伯伯、叔叔
おばさん	伯母さん／伯母さん	（尊稱他人的）姑姑、阿姨
いとこ	従兄弟／従姉妹	堂（表）兄弟、堂（表）姊妹
おいこ	甥	姪子
めい	姪	姪女
おいごさん	甥御さん	（尊稱他人的）姪子
めいごさん	姪御さん	（尊稱他人的）姪女

動詞活用表

Ⅰ類（五段活用動詞）

	ます形	て形
遊びます	あそび ます	あそんで
行きます	いき ます	いって
送ります	おくり ます	おくって
買います	かい ます	かって
帰ります	かえり ます	かえって
かかります	かかり ます	かかって
書きます	かき ます	かいて
聞きます	きき ます	きいて
過ごします	すごし ます	すごして
撮ります	とり ます	とって
取ります	とり ます	とって
飲みます	のみ ます	のんで
入ります	はいり ます	はいって
働きます	はたらき ます	はたらいて

字典形	ない形		た形	中文	課
あそぶ	あそば	ない	あそんだ	玩、遊樂	2-10
いく	いか	ない	いった	去	2-3
おくる	おくら	ない	おくった	寄、送	2-8
かう	かわ	ない	かった	買	2-4
かえる	かえら	ない	かえった	回去、回來	2-3
かかる	かから	ない	かかった	花費（時間金錢）	2-8
かく	かか	ない	かいた	寫、畫、繪	2-4
きく	きか	ない	きいた	聽	2-10
すごす	すごさ	ない	すごした	度過	2-5
とる	とら	ない	とった	拍（照）	2-4
とる	とら	ない	とった	拿	2-10
のむ	のま	ない	のんだ	喝	2-4
はいる	はいら	ない	はいった	進入	2-6
はたらく	はたらか	ない	はたらいた	工作、勞動	2-8

II類（一段活用動詞）

	ます形	て形
起きます	おき ます	おきて
かけます	かけ ます	かけて
借ります	かり ます	かりて
食べます	たべ ます	たべて
疲れます	つかれ ます	つかれて
寝ます	ね ます	ねて

III類（不規則動詞）

	ます形	て形
来ます	き ます	きて
します	し ます	して
食事します	しょくじし ます	しょくじして
勉強します	べんきょうし ます	べんきょうして
連絡します	れんらくし ます	れんらくして

字典形	ない形		た形	中文	課
おきる	おき	ない	おきた	起床、起來	2-2
かける	かけ	ない	かけた	打（電話）	2-8
かりる	かり	ない	かりた	借來	2-8
たべる	たべ	ない	たべた	吃	2-4
つかれる	つかれ	ない	つかれた	累	2-9
ねる	ね	ない	ねた	睡覺	2-2

字典形	ない形		た形	中文	課
くる	こ	ない	きた	來	2-3
する	し	ない	した	做	2-4
しょくじする	しょくじし	ない	しょくじした	吃飯	2-10
べんきょうする	べんきょうし	ない	べんきょうした	學習	2-4
れんらくする	れんらくし	ない	れんらくした	聯絡	2-8

子（鼠）
ね

丑（牛）
うし

寅（虎）
とら

卯（兔）
う

辰（龍）
たつ

巳（蛇）
み

午（馬）
うま

未（羊）
ひつじ

申（猴）
さる

酉（雞）
とり

戌（狗）
いぬ

亥（豬）
い

●星座
せい　ざ

星座●

牡羊座（牡羊座）
お ひ つ じ ざ

牡牛座（金牛座）
お う し ざ

双子座（雙子座）
ふ た ご ざ

蟹座（巨蟹座）
か に ざ

獅子座（獅子座）
し し ざ

乙女座（處女座）
お と め ざ

天秤座（天秤座）
て ん び ん ざ

蠍座（天蠍座）
さ そ り ざ

射手座（射手座）
い て ざ

山羊座（摩羯座）
や ぎ ざ

水瓶座（水瓶座）
み ず が め ざ

魚座（雙魚座）
う お ざ

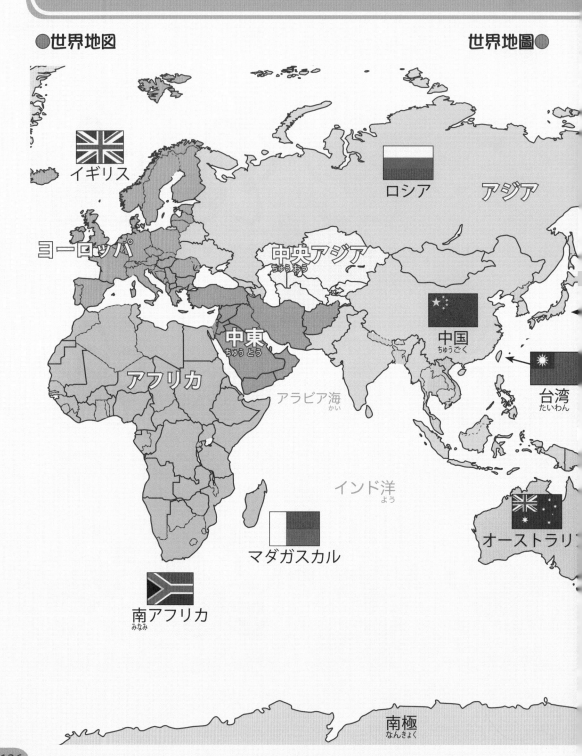

イギリス

ロシア

アジア

ヨーロッパ

中央アジア
ちゅうおう

中東
ちゅうとう

アフリカ

アラビア海
かい

中国
ちゅうごく

台湾
たいわん

インド洋
よう

オーストラリ

マダガスカル

南アフリカ
みなみ

南極
なんきょく

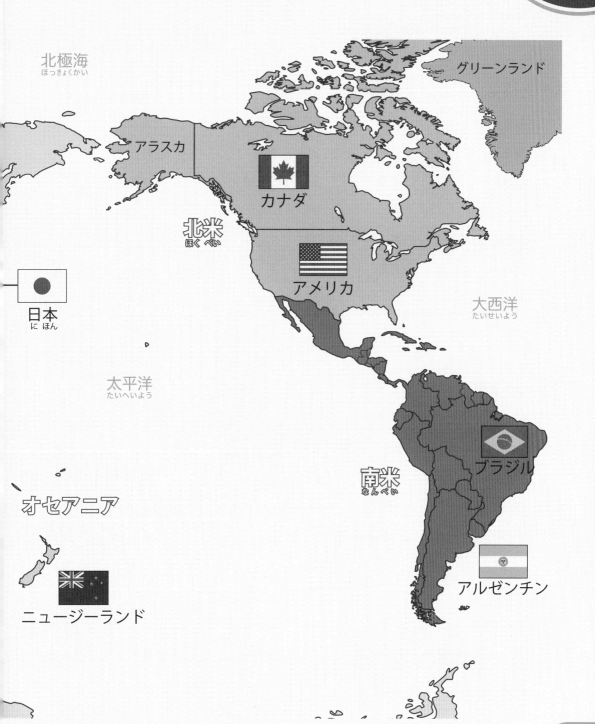

北極海
ほっきょくかい

グリーンランド

アラスカ

カナダ

北米
ほくべい

アメリカ

大西洋
たいせいよう

日本
にほん

太平洋
たいへいよう

ブラジル

南米
なんべい

オセアニア

アルゼンチン

ニュージーランド

索引
さく いん

あ

アイスクリーム	冰淇淋	99
あき	秋天	62
あさ	早上	25
あした	明天	24
あそびます	玩	95
あたらしい	新的	71
アパート	公寓	74
あるいて	走、步行	35

い

いきます	去	33
いくら	多少錢	17
いぜん	以前	65
いそがしい	忙碌的	100
いちにちじゅう	一整天	41
いつ	什麼時候	27
いっしょに	一起	89
いなか	故郷／郷下	33
いもうと	妹妹	54
いらっしゃいませ	歡迎光臨	17

う

ウーロンちゃ	烏龍茶	87
うつくしい	美麗的	73
うみ	海	65
うるさい	吵雜的	74

え

え	畫	76
えき	車站	36
えん	日圓	17
エンジニア	工程師	67

お

おおさか	大阪	36
おきます	起床	24
おくります	運送	84
（お）しょうがつ	新年	49
おととい	前天	52
おととし	前年	53
おひる	中午	87
おんせん	温泉	63

か

かいます	買	43
かいもの	買東西	54
かえります	回去	33
かかります	花費	81
かきます	書寫	45
…かげつ	…個月	79
かけます	撥打（電話）	79
かぞく	家人	49
からい	辣的	87
かります	借來	84
カレーライス	咖哩飯	82
かんこう	觀光	98
かんたん	簡單	66

き

ききます	聽	99
きたない	髒的	73
きって	郵票	22
きのう	昨天	51
きます	來	35
きもち	心情	63

きょうと	京都	68
きょねん	去年	51

く

ください	請給我～	17
くつ	鞋	76
くつした	襪子	21
～ぐらい	大約～	81
クリスマス	耶誕節	90

け

けさ	今天早上	52
けっこんきねんび	結婚紀念日	91

こ

…こ	…個	17
こいびと	情人	54
こうよう	紅葉、楓葉	62
コート	大衣	20
ごぜんちゅう	上午的時候	40
こっけいせつ	國慶日	30
ことし	今年	49

ごはん	飯	43
～ごろ	～左右	25
コンサート	音樂會	99
コンビニ	便利商店	98

さ

さいふ	錢包	20
さくぶん	作文	81
…さつ	…本	19
さびしい	寂寞	79
さんぽ	散步	98

し

…じかん	…小時	79
しけん	考試	30
しずか	安靜的	67
します	做	41
しゃしん	相片	45
シャツ	襯衫	45
しゅくだい	作業、功課	97
（お）しょうがつ	新年	49
しょくじ	飲食	87

しょくどう	餐廳、食堂	43
じんじゃ	神社	49
しんぶん	報紙	20

す

スーツ	套裝、西裝	97
すごく	非常	63
すごします	度過（日子）	49
ずっと	一直	49
スプーン	湯匙	83

せ

せんたく	洗衣服	40
せんぱい	前輩	68

そ

…そく	…雙	21
そつぎょうしき	畢業典禮	30
それで	然後	79
そろそろ	差不多該	87

た

だいどころ	厨房	67
たいへん	（程度）驚人	79
たいよう	太陽	71
たのしい	快樂的	53
たべます	吃	43
たべもの	食物	71
たんじょうび	生日	27

ち

ちゅうかりょうりてん		
	中式餐廳	87
チョコレート	巧克力	90

つ

| つかれます | 疲倦、累 | 89 |
| つめたい | 冷的 | 86 |

て

てがみ	信	45
デジタルカメラ	數位相機	91
ですから	所以	95

テレビ	電視	41
でんしゃ	電車	35
でんわ	電話	79
でんわだい	電話費	79

と

どう	如何	62
とうきょう	東京	35
どのぐらい	多久、多少	81
ともだち	朋友	49
とります	拍照、拿	45, 97

な

| なつやすみ | 暑假 | 28 |
| なんようだいがく | 南洋大學 | 74 |

に

| にもつ | 行李 | 84 |
| …にん | …個人 | 19 |

131

ね

| ネックレス | 項鍊 | 89 |
| ねます | 睡覺 | 27 |

の

| のみます | 喝 | 43 |
| のみもの | 飲料 | 87 |

は

パーティー	派對	30
はこね	箱根	62
バス	公車	37
はたらきます	工作	82
はやい	早	25
はるやすみ	春假	94
バレンタインデー	情人節	90
ばん	晚上	52
パン	麵包	21

ひ

ひ	日	25
ひこうき	飛機	33
ひとつ	一個	17

ふ

ふく	衣服	71
ふくおか	福岡	33
ふじさん	富士山	66
ふゆやすみ	寒假	33

へ

| べんきょうします | 學習、唸書 | 40 |
| べんり | 方便 | 74 |

ほ

ホイコーロー	回鍋肉	87
ぼうし	帽子	20
ほしい	想要	87
ほっかいどう	北海道	65
ホテル	飯店	65
…ほん	…支／瓶	17
…ぼん	…支／瓶	17
…ぽん	…支／瓶	17
ホンコン	香港	98
ほんや	書店	36

ま

…まい	…張／件／片	22
まいあさ	毎天早上	27
まいばん	毎天晩上	29
まずい	難吃的	100
まるやまこうえん	圓山公園	74

も

もうすぐ	快要、就快	94
もの	東西、物品	71

や

やきそば	炒麵	22
やさい	蔬菜	97
やすみ	休息、放假	24

よ

～ようび	星期～	24
よてい	預定	94

ら

ラーメン	拉麵	45
らいげつ	下個月	38

り

りょう	宿舍	45
りょうり	料理、飯菜	74
りょかん	旅館	66
りょこう	旅行	53

る

ルームメート	室友	54

れ

レストラン	餐廳	74
れんらくします	連絡	79

E

Eメール	電子郵件	79

M

MRT	捷運	37

著 者

高津正照（淡江大学日文系）

陳 美 玲（義守大学応用日語學系）

謝 美 珍（和春技術学院応用外語系）

黃 麗 雪（元培科技大學通識中心外文組）

施 秀 青（德霖技術學院應用英語系）

新式樣裝訂專利 請勿仿冒
專利號碼　M249906 號

加油！日本語 ②　　　　　　　　　　（附有聲CD1片）

2008年（民97）4 月 1 日 第 1 版 第 1 刷 發行

定價 新台幣：300 元整

著　　者　高津正照・陳 美 玲・謝 美 珍
　　　　　黃 麗 雪・施 秀 青
發 行 人　林　　寶
總　　編　李 隆 博
責任編輯　加納典効・藤岡みつ子
封面設計　蕭 莉 靜
發 行 所　大新書局
地　　址　台北市大安區(106)瑞安街256巷16號
電　　話　(02)2707-3232・2707-3838・2755-2468
傳　　真　(02)2701-1633・郵政劃撥：00173901
登 記 證　行 政 院 新 聞 局 局 版 台 業 字 第0869號

香港地區　香港聯合書刊物流有限公司
地　　址　香港新界大埔汀麗路36號 中華商務印刷大廈3字樓
電　　話　(852)2150-2100
傳　　真　(852)2810-4201

ISBN 978-986-6882-62-3 (B622)